O Soldadinho de Chumbo
em cordel

Recontado por
João Bosco Bezerra Bonfim

Ilustrado por
Laerte Silvino

PRUMO jovem

Copyright 2009 © João Bosco Bezerra Bonfim

Todos os direitos reservados. Nenhuma parte desta obra pode ser reproduzida ou transmitida por qualquer forma ou meio eletrônico ou mecânico, inclusive fotocópia, gravação ou sistema de armazenagem e recuperação de informação, sem a permissão escrita do editor.

Direção editorial
Soraia Luana Reis

Editora
Luciana Paixão

Editores assistentes
Thiago Mlaker
Valéria Braga Sanalios

Assistência editorial
Elisa Martins

Revisão
Maria Aiko Nishijima

Projeto gráfico e diagramação
Denis Tchepelentyky

Produção gráfica
Thiago Sousa

CIP-Brasil. Catalogação-na-fonte
Sindicato Nacional dos Editores de Livros, RJ

B696s   Bonfim, João Bosco Bezerra, 1961-
         O soldadinho de chumbo em cordel / recontado por João Bosco Bezerra Bonfim; ilustrado por Laerte Silvino. - São Paulo: Prumo, 2009.
         il. color.

         Adaptação do conto de Hans Christian Andersen
         ISBN 978-85-7927-007-9

         1. Literatura de cordel infanto-juvenil brasileira. I. Andersen, H. C. (Hans Christian), 1805-1875. II. Silvino, Laerte. III. Título.

09-1303.
                                                                                       CDD: 398.5
                                                                                       CDU: 398.5

Direitos de edição:
Editora Prumo Ltda.
Rua Júlio Diniz, 56 – 5º andar – São Paulo/SP – CEP: 04547-090
Tel.: (11) 3729-0244 – Fax: (11) 3045-4100
E-mail: contato@editoraprumo.com.br
Site: www.editoraprumo.com.br

Adaptação do conto
de Hans Christian Andersen

Para Marilda Bezerra e seu amor pelas aventuras que criam histórias.

Quem é o soldado mais valente do mundo?
É o Soldadinho de Chumbo... umbo... umbo!

Quem é a moça do castelo?
A mais bela... bela... bela!

Quem fez com que nossos corações
Se acendessem?
Hans Christian Andersen!

Na lareira desta casa
Bate forte um coração.
O coração é de chumbo
Mas de ouro é a emoção.
Na lareira, vê-se a cinza
Do que foi uma paixão.

Nessa lareira, a cinza
Não é de qualquer papel
É a marca de uma bailarina
Um coração silencioso
Mas que sempre foi fiel.

De um velho cano sem uso
O cuidadoso artesão
Funde soldadinhos de chumbo
Coisa de admiração
Põe-nos em uma caixa
E os leva à loja, então.

O vendedor de brinquedos
Expõe os soldados na vitrine
E toda criança que passa
Os deseja, imagine:
"Vinte e cinco soldados
Não ganhá-los é um crime!"

Na vitrine de brinquedos
Os soldadinhos de chumbo
Em suas vestes de campanha
Uns de fuzil, outros com bumbo
Esperam ansiosos por um dono
Que os leve a outro mundo.

Todos eles bem iguais
Galantes em suas fardas
Calça azul brilhante.
No boné, uma pena parda
Um casaco bem vermelho
Um fuzil sempre em guarda.

Vinte e cinco são eles
Bota, calça, casaco, boné
Tão lustrosos uniformes
Que criança é que não quer?
Todos eles, completinhos
Menos um, que falta um pé.

Mais que pé, no soldadinho
Falta mesmo a perna inteira
Pois na forma faltou chumbo
Ele era a peça derradeira.
Mas ele não reclama disso
Fica em pezinho na fileira.

Dura é a lida dos soldados
Em seu rosto, a crueza
De uma vida de batalhas
Se via a dor, com certeza
Nosso Soldadinho de Chumbo
Era forte por natureza.

A vitrine é bem bonita
Mas beleza sem alegria
Falta a eles um menino
A lhes fazer companhia
Colocá-los em batalha
Mostrarem sua valentia.

Até que um belo dia
Eles são dados de presente
Ao garoto chamado Menino
Que muito ficou contente
Pois quer soldados bravos,
E, sobretudo, inteligentes.

Em cima de uma mesa
Enfileira os soldados
Belos em seus uniformes
Cada qual mais empinado
Até o Soldadinho de Chumbo
Nosso herói enfileirado.

Enquanto ali brincam
Soldadinho olha de lado
Onde vê belo castelo
Com um espelho como lago
E ali grandes árvores
Onde o ar puro é criado.

Tudo, tudo no castelo
É recortado em papel
E no lago, refletido
O lindo azul do céu
Em seu cenário de festa
Está todo o povaréu.

Entre todos, uma moça
Revela bem seus encantos
Numa linda saia de tule
Resplandecente de branco
Um rosto tão delicado
Sua beleza é um espanto

Daquela beleza de moça
O soldado logo dá fé
Ela com as mãos para o ar
Numa pose de balé
Com uma perna bem levantada
Noutra, só, ficava em pé.

Então, Soldadinho pensa
Que ela é sua igual
"Mas, tão linda desse jeito
Deve ser princesa real
E eu, nem cabo sou
Fico sem esperança, afinal".

De tanto olhar para a moça
Desperta nele a paixão.
Um amor sem esperança
Que não tem consolação.
Ele, pobre de soldado,
Ela, princesa de salão.

Todos voltam para a caixa
À noite, finda a brincadeira
Mas o Soldadinho de Chumbo
Fica de fora, a vez primeira
Em vez de ir para a cama
Acordado a noite inteira.

As pessoas já dormem.
Todos os brinquedos, com vida
Saem de seus armários
Começam ruidoso alarido
Corre daqui e dacolá
Cada vez mais divertido.

As bonecas e bonecos
Improvisam um baile funk.
Outros discursam em comício
Como se fosse um palanque.
E os soldados mais modernos
Passeiam com seus tanques.

Mas, prisioneiros na caixa
Estão os irmãos de Chumbo
Que batem bem ferozes.
O som parece uma zabumba
Mas perdem a diversão
Prisioneiros dessa tumba.

De tanto que gritam
O canário é acordado
Quer vir também à festa
E inicia seu trinado
Porém só fala em verso
Pois é poeta afinado.

No meio de tanta festa
Soldadinho não se mexe
Só olhando a Bailarina
Que do castelo não desce
Cada um no seu canto, só
De paixão, ele emudece.

De tanto olhar a Bailarina
Vai-lhe subindo um calor:
Quer fazer amizade
A ela mostrar seu valor
Pode ser soldado pobre
Mas é grande seu amor.

Quando chega meia-noite
De uma enorme cigarreira
Salta um tal gênio do mal
É aquela corredeira
Os brinquedos assustados
Cessam sua brincadeira.

E o geniozinho perverso
O olha com reprovação:
"O que você tanto olha
Essa moça é 'procê' não!
Você comete grande erro
Vai haver grande confusão".

"Amanhã, você vai ver
O que faço com um teimoso
Vai levar uma lição
Para deixar de ser manhoso
Nunca vi tanta ousadia
Seu soldado presunçoso."

Soldado, ouvindo aquilo
Finge que não é com ele
Mas o geniozinho insiste
Pois na venta tem cabelo
E então volta à cigarreira
Correndo em atropelo.

De manhãzinha, as crianças
Tiram todos para brincar
Os soldados já ansiosos
Querem – ufa! – tomar um ar
Pois aquela casa grande
Já é para eles um lar.

Então, na janela da casa
Põem seu rico pelotão
Até Soldadinho de Chumbo
Que passara a noite no chão
Uma batalha para fora
Com muitos tiros de canhão.

Mas eis que um vento forte
Vem bater na janela.
Esta se fecha com força
E causa a maior novela.
É Soldado para todo lado
Que bagunça é aquela.

Os brinquedos da janela
Caem do terceiro andar.
Todos eles espalhados
Um aqui, outro acolá.
E a baioneta do fuzil
No chão se vai enfiar.

Caído de ponta-cabeça
Fica Soldadinho, doente.
Aquilo é obra do geniozinho
Sabe não ser acidente.
"Ele provocou a ventania
Que nos jogou de repente."

Descem então as crianças
A recolher seus brinquedos
Menos Soldadinho de Chumbo
Que fica na rua – Que medo!
"Onde estão os meus irmãos?"
Que geniozinho mais azedo!

Soldadinho de Chumbo
Ainda pensa em dar um grito
Mas está de uniforme
Ia ficar bem esquisito
Pois é um cabra da peste
E não um covarde cabrito.

Mas não pense que é tudo
Logo vem uma chuvarada.
Uma tempestade com raios
A rua todinha alagada.
Com água correndo solta
Forma aquela enxurrada!

Nisso dois moleques
Veem Soldadinho caído.
Pegam e examinam bem
Veem que está ferido.
Confundem-no com lixo
Ou com brinquedo perdido.

Pensam bem no que fazer
Com um soldadinho só
Não fariam um batalhão
Para travar guerra maior
Mas não o recolhem à casa
Imaginam coisa bem pior.

Planejam uma aventura
E num barco de papel
O depositam na correnteza
Deixando que vague ao léu:
"Se for corajoso de fato
Não fará nenhum escarcéu".

E lá vai Soldadinho de Chumbo
Com sua farda azul e vermelha.
Quanto mais o barco avança
Mais se aproxima da grelha.
De esgoto que ali estava
Por causa daqueles fedelhos.

Se equilibra bem no barco
Sempre a segurar seu fuzil.
Eita soldado valente
Mas aquilo é um ardil.
Iria parar no esgoto
Por causa do gênio imbecil.

E os meninos lá de fora
Divertem-se a mil
Sem ligar para o perigo
Numa alegria tão vil
Que leva Soldadinho
A um perigoso covil.

Ôpa, ôpa, Soldadinho
Se equilibra, se não vai!
E entre trancos e barrancos
Do barquinho ele não sai
Até que num bueiro de rua
Seu navio, vupt, cai!

No bueiro, a escuridão
Não assusta o Soldado
Só pensa na Bailarina
A quem tanto tem amado.
Teme nunca mais vê-la
De tristeza, derrotado.

Mas nem bem começaram
Os perigos de sua missão
Logo dois olhos brilhantes
Vermelhos como um vulcão
De uma enorme ratazana
Que gritava "Autorização!"

Ainda um tanto tonto
Soldadinho assunta.
Que história era aquela?
À Ratazana pergunta.
"Se não tem autorização
Como é que aqui aponta?"

"Só com autorização
É que pode navegar.
Esse esgoto aqui é meu
Não é como o vasto mar.
Lá navega quem quer
Aqui, só quem eu mandar."

"Aqui quem tem passe, passa
Quem não tem, não passa aqui.
Não te despacho sem passe
Não pense que não o vi.
Mais aperto passou o sapo
Pulando que nem saci."

Mas nem tempo para resposta
O Soldadinho ali tem
Pois a correnteza bem forte
Logo na frente aí vem
O esgoto cai no rio
E o rio vai mais além.

Imaginem que grande queda
A de Chumbo na cachoeira
Prendendo bem o fôlego
Vai na grande corredeira
Afundando mais e mais
Tonto de tanta zoeira.

E no meio do mergulho
Por grande peixe é engolido
Numa escuridão danada:
"Pronto! Estou perdido!"
Mesmo assim pensa na amada
Com o coração dolorido.

Com sua bela tiara
Tão linda é a Bailarina.
Com ar de princesa
E olhos de uma menina
Só nela ele pensa agora
Temente de sua sina.

Mesmo sendo corajoso
Não tem medo de chorar
Só não chora quem é tolo
Ou então não sabe amar
Sofre pela Bailarina
"Que eu nunca vou beijar!"

Nesses pensamentos tristes
Passa um tempo sem fim
Até que se vai a escuridão
E ouve fala de curumim
É a voz do menino seu dono
Está de volta a casa, sim!

Querem mesmo saber
O que foi que aconteceu?
Aquele peixe danado
Viu uma isca e mordeu
Foi parar na peixaria
O peixeiro o vendeu.

Por estranha coincidência
Vem para a casa do garoto
Que ganhara Soldadinho
Mas que fora bem maroto
E deixara o amiguinho
Abandonado, sujo e roto.

A cozinheira trata o peixe
Que a Soldadinho devorara
Vê: é o brinquedo que o Menino
No aniversário ganhara
Trata logo de devolver
E o garoto faz uma farra.

Limpa bem o cheiro de peixe
Desamassa a ponta do fuzil
Lava aquela sujeirada
Com um potente Sabãozil
E como o Soldado tossia
Lhe dá xarope de Tossil!

Para a mesa de brinquedos
Volta de novo o Soldadinho
Parece que nada mudou
No castelo ou no laguinho
E em sua linda princesice
Lá está sua Bailarina.

Mais bonita do que nunca
Erguida numa perna só
Mais apaixonado que sempre
Uma paixão de dar dó
Mas, cadê que se declara!?
Continua, pois, tão só.

Tão desejoso está
De tudo a ela contar
Que do esgoto foi ao rio
Que do rio foi ao mar
Que, aventureiro que é
Lutara luta sem par.

"Ah, se ela soubesse
Quão forte sou, e valente
Talvez se casasse comigo
Talvez eu virasse tenente
Talvez o sertão virasse mar
Assim eu ficaria contente."

Perdido em seus pensamentos
Soldadinho divaga muito
E as crianças, brincalhonas
Tratam de outros assuntos
Mas de repentemente
Tudo muda neste mundo.

Um dos meninos menores
Pega Soldadinho da mesa
E no fogo da lareira
O atira com certeza.
É mais uma obra do gênio
Genial em sua malvadeza.

O Soldadinho sente
A luz intensa e a chama
A queimar já suas vestes
Como uma vela que inflama
Um fogo bem verdadeiro
Não é fogo de drama.

Com silêncio e tristeza
Olha sua Bailarina
Uma despedida final
De quem aceita sua sina.
E esta, triste e silenciosa
Responde na mesma rima.

No mesmo instante fatal
A porta se abre, e o vento
De uma rajada certeira
Joga-a lareira adentro
Bem junto de Soldadinho
A derreter, em sofrimento.

Ela em cinzas se transforma
E o Soldadinho bravio?
Por causa da labareda
Dele só sobra um fio
E sua amada Bailarina
Queimada como um pavio.

Dia seguinte, a arrumadeira
Que é pessoa de valor
Vê um coraçãozinho de chumbo
Que ainda exala calor
Sinal que mesmo derretido
Mantém aceso seu amor.

Da Bailarina, então
Um pouco menos se vê
Só a pedra azul da tiara
Todo o resto dela cadê?
E a cinza do papel
Com as outras cinzas se vê.

Na lareira dessa casa
Bate forte um coração.
O coração é de chumbo
Mas de ouro é a emoção.
Na lareira, vê-se a cinza
Do que foi uma paixão.

Nessa lareira, a cinza
Não é de qualquer papel
É a marca de uma bailarina
Um coração silencioso
Mas que nunca foi cruel.

João Bosco Bezerra Bonfim nasceu em 1961, no Ceará. Mudou-se para Brasília em 1972, onde vive até hoje. Mas sua vivência do sertão, reconfirmada nas constantes viagens, levou-o a admirar as histórias narradas pelos mais antigos. Contadas na varanda das casas, as narrativas de valentia ou de assombração da tradição oral brasileira são tão ricas como quaisquer outras da literatura universal. Graduado em Letras (1986), com Mestrado (2000) e Doutoramento (2009) em Linguística, tem pesquisas sobre o cordel brasileiro. Com duas dezenas de livros publicados, vários deles para crianças, tem atuado em escolas, feiras e festas literárias, contando histórias e ministrando oficinas sobre a arte de ler e criar.

Laerte Silvino é de Recife, Pernambuco. Ilustra para diversas revistas de circulação nacional e para algumas editoras de literatura infanto-juvenil e de livros didáticos. Também publicou quadrinhos em várias revistas do gênero (*Front*, *Ragú*). Como cartunista expôs em vários salões ao redor do Brasil e do mundo (Irã, Portugal, Azerbaijão, Estados Unidos etc.), ganhando o primeiro lugar em Indaiatuba (categoria HQ) e menção honrosa na Alemanha (categoria cartum). Atualmente também trabalha como ilustrador do jornal *Folha de Pernambuco*.

Este livro foi impresso pela Prol Gráfica e Editora
para a Editora Prumo Ltda.